神奇的乌鸦

［蒙古］吉·达喜东德嘎 著

钢巴特尔 译

内蒙古出版集团

内蒙古人民出版社

内容梗概

　　这部书讲述了生活在蒙古大戈壁的老婆婆曾在 60 年前救下了一只受伤的乌鸦，伤愈后，乌鸦一直不忘老婆婆的恩情，六十年来一直帮助她的神奇故事。书中用诸多证据描述了乌鸦从野外叼回了老婆婆家丢失的马绊子；到了傍晚替老婆婆赶回羊群；甚至飞行几百公里到蒙古国首都医院去看望患病的老婆婆的故事。通过这些故事展示了人与自然的内在联系。

目 录

第一章
乌鸦的咒语

笃、笃！随着敲门声门口露出一张被大漠的太阳晒得黝黑的脸。请进！一位穿着红袍子的中年男子披着阳光走了进来。稍待片刻来者说：

"不认识我了吗"。他坐了下来说："我是巴力亚太呀！"

"咳，真是您呀！"我说着站了起来，"您被流放到这里了吗？"

巴力亚太说："哼，政府大概认为这儿是艰苦的地方吧。这呼布斯格勒苏木的戈壁对我来讲就是我的母亲。"说着嘿嘿地笑了起来。

"这是让我在蒙古行医四十年的好地方啊。"巴力亚太说。

"咳，不说这些了。我告诉您一件新奇的事。我们这里有一位与乌鸦相处了六十年的老婆婆"。

"什么？不是说乌鸦是不吉利的鸟吗？难到老婆婆养了它这么多年？"

"不，不。您还是问她自己吧。"说着巴力亚太起了身。

"喂，孟和，您知道那位婆婆住在哪里吗？"我问司机。

司机说："奔布来家吗？当然知道了，我是在这里土生土长的人呀！"

作家是充满好奇的人们，所以打算去打探究竟。司机开着车穿过两栋木板房，轮胎碾压着玻璃碴向前开去。我们从奔布来家东侧绕到了奔布来家前。我走进了有绿铁院子的一间小屋里。在屋里上

手坐着屋主人乌苏来。司机向坐在屋主人下手的女主人萨拉问道：

　　"奔布来婆婆去哪儿了？"

　　"去希伯戈壁的我姐家了"萨拉说。她是奔布来的小女儿。这

时传来了乌鸦的叫声。顺着天窗望去，看到一只大乌鸦面向西落在电线杆顶伸着脖子叫着。我们出外去看，司机说着"诅咒啥呢？"随即拾起石块儿向乌鸦抛去。不等石头靠近，乌鸦早已飞了起来。

看着飞起的乌鸦萨拉叫道："喂，是妈妈的乌鸦。大腿上有个白点。乌鸦大概看到汽车以为我妈妈回来了吧。"

我们绕过院子向汽车走去时，只见乌鸦仍落在地上叫着。它在叫什么呢？我们不得而知。这时汽车轮胎发出了哧的声音。司机看着撒了气的轮胎说：

"这乌鸦的诅咒应验了！"原来是玻璃碴儿扎破了轮胎。

"那只乌鸦骂得轮胎被扎破了吗？好厉害呀！"我挖苦司机说。

司机自责地说："我怎么把车开到了有玻璃碴儿的灰堆上呢？"

"孟和呀！自己犯了错有什么办法呢。"司机赶紧换了轮胎。

哎，可怜啊！若不是在轮胎上发现嵌着玻璃碴儿，这只乌鸦又要被冤枉了。人们总是嫌乌鸦的叫声难听，可谁又知道那是诅咒还是祝福呢。那可是大自然赐给它的声音啊。

想着这些，我们回到了宾馆，我的朋友玛格雷特来了。她告诉我她给孩子们讲了额莫玛鸡的故事。她抱着叫额莫玛的白鸡，猛地向左向右拧着鸡脖子给孩子们讲这只鸡的故事时，孩子们非常感兴趣的却是这只鸡是死是活。玛格雷特是加拿大著名儿童文学作家，她写了有关这只鸡的系列图书并获得了国际大奖。这次她是为了帮助我们的普而士流动图书馆而与我们同行的。我告诉他我想写写乌鸦。

玛格雷特说："那我给你讲一段奇怪的故事吧。"

"据说在加拿大北部，人们看到了口衔细树枝的两只乌鸦。找到食物时它们就将树枝放到地上。起飞时再衔起树枝的两端。人们好奇地观察着它们。原来是因为一只乌鸦瞎了眼，另一只乌鸦在牵着它飞行。够聪明吧！"她接着说，

"乌鸦是遍布世界的鸟。所以世界各地的人们都会读懂您写的书吧。"

遗憾的是这次未能见到奔布来老婆婆。她是如何与人们不待见的乌鸦相处的呢？真奇怪。

第二章
遇难的乌鸦

有过人与乌鸦友好相处的历史吗？他们如何听懂对方的语言呢？人们怎么也搞不懂。如果这是真的，自然界的一个谜就被破解了吧？这种想法总萦绕于我的脑海不能释怀。身被心所牵，不知不觉中我踏上了前往希伯戈壁的路。无论如何要赶紧见到这位传奇的婆婆。也许那只乌鸦正与她在一起。

说来也怪！对于心急火燎的我来说火车爬得怎么那么慢呢？何

况还总是走走停停。要有翅膀该有多好哇，那样我就可以马上飞到那里了。读者您也像我一样急于解开这个谜吧。

走啊走啊，申时终于到了希伯戈壁站。到了地方，迎接的人自我介绍说自己叫拉合巴苏荣，是老婆婆的女婿。我搭着他老旧的吉普车在原野山间慢慢前行。我们到了一个叫波合台宝力格的地方，汽车停在了冬营盘棚圈旁的一栋房子前。在一大片白色茂茂草滩旁散布着一群羊，远远望去白茫茫一片。到了产羔的季节，羊群数量有所增加。刚刚过去的冬季遇到了大雪灾，许多牧民都受到了很大的损失，而拉合巴苏荣家的冬储草还没用完，看来冬天的雪灾没给他家造成多大损失。棚圈那边的水井旁有几头牛在喝水。

今天是个寒风凛冽的冬日。走进低矮的土房，一股热浪扑面而来，屋里弥漫着奶花的香味。有着一对圆圆的大眼睛的妇女向我们问好说：

"奶茶刚煮好你们就来了，看来是好心人啊。"说者原来是奔布来婆婆的女儿常达道。我想她母亲也有这样一双大眼睛吧。此时从后屋走来了一位老婆婆。

鼻梁直挺、额头宽阔的这位老婆婆进来与我们问了好。

她的双眼似乎在讲述着她八十三年的人生故事，我们面前站着的就是那位传说中的聪明老婆婆。她直截了当地问我：

"你们是来见戈壁三黑的吗？"我正搞不懂她话里的意思时，奔布来老婆婆微笑着说：

"没懂吗？两只乌鸦，一个老太太！"我立即回答：

"是啊！"老婆婆摊开双手说：

"两黑已经没了！"

"再也不会来了！"接着给我们讲了下面的故事。

那时正值产羔季节。有一天不知从哪里飞来了一大一小两只乌

鸦。老婆婆伸出手给乌鸦发了信号后，两只乌鸦便飞到草场再也不离开羊群了。在母羊产羔时它们也会飞去守护。老婆婆的外孙多次看到此景，还怀疑乌鸦想吃羊羔呢。有一次他在放羊时看到乌鸦好像在吃羊羔。

他叫着："果然如此啊！臭乌鸦！"便跑回家里拿来了他的猎枪。那只乌鸦吃着猎物，没有发现持枪人走近自己。只听"砰"得一声，乌鸦展开双翅挣扎了一下倒在了原地。一只飞鸟就这样离开了世界。老婆婆的外孙口中说着"叫你吃羊羔！"跑了过去，他发现乌鸦吃的不是羊羔而是兔子。

"哎！误会了！"说完老婆婆的外孙向家跑去。

"外婆！请您原谅。我把您的乌鸦打死了。"奔布来老婆婆从上到下扫视着外孙没有出声，只是眼神黯淡了许多。

"外婆您说话呀，我该怎么办？"

"我对你这杀害了苍天使者的人能说什么呢？"老婆婆说完拄着拐杖出了家门。

"告诉我你作孽的地方！我去看看！"外孙带路，老婆婆跟着到了那个地方。

黑色的乌鸦泛着七彩的光。

"你怎么把这么好的鸟"老婆婆刚开口，外孙就急着分辩说：

"不是呀，外婆！我以为它吃羊羔了"。

外婆越发生气说："你们这些视力好的年轻人应该分得清羊羔与兔子呀。乌鸦确实好守着要产羔的母羊。但它不是想吃羊羔而是想吃胎盘！你已经是快奔三十的人了，难道连这都不知道吗！"说着口气越来越严厉。老婆婆掀开乌鸦的翅膀看了看说：

"不是我的乌鸦。但也不能这样啊。世上最珍贵的不是金子而是生命！"老婆婆抱起遇难的乌鸦开始安葬。她从家里拿来了一些祭品。在几乎被牲畜吃光了的芨芨草上铺了一张报纸，将苍天使者的头朝北放在了上面。把盛着水的碗放在了旁边。还放了肉与其它食物。口中念念有词，大概在给乌鸦的灵魂指上天之路吧！第二天老婆婆与外孙去了那里，发现什么都不见了。乌鸦、祭品、连铺的报纸都不见了。这些东西怎么消失的，谁也不知道。从此以后这里再也看不到乌鸦了。

奔布来老婆婆用凄惨的声音讲着这个故事，又说：

"我那两只乌鸦发出哭泣一样的叫声，在我头上绕了三圈后消失了。乌鸦也许是流着眼泪飞走的吧，只是我看不到。也许在为失去后代而伤心吧。如果是那样，它们现在一定在这大戈壁的某处因失去子嗣而受折磨吧。"

"您的两只乌鸦后来没回来过吗？"

"大概再也不会回来了。可能怨恨我们呢吧。别说我的两只乌鸦，就是别的乌鸦也再没出现过！"老婆婆看着天说着，长长地叹了一口气。

那两只乌鸦会不会再飞回来呢？如果不来的话，我想了解被人们一直厌弃的乌鸦内心世界的愿望就将落空了。我这刚刚产生的想法就这样遗憾地中断了，故事还停留在序的阶段就无法继续下去了。我引着老婆婆说了下去。只见老婆婆的眼睛发亮了。原来断断续续地说着，现在滔滔不绝地说了起来，就像勒勒车离开坎坷的路，走上了平坦大道。

第三章
金戒指（老婆婆的话）

　　好像是 1948 年，我当时刚满二十一岁。现在我八十三岁，您算算看对不？我嫁到了与我家相邻的哈旦宝力格苏木，在苏勒套勒盖敖包东侧单独立户开始了新的生活。那时我家的生活还不错。一天早晨去链绳上去抓马的时候看到了一个蜷曲的黑东西。走过去一看是一只乌鸦。它用一只腿支撑着身体想站起来，但一再摔倒，总站不起来。它大概受伤了。我去抓它，它却用力挣脱。摸了摸它的头，它才慢慢老实了。乌鸦大腿上的皮掀开一大块儿，看起来受了重伤。幸运的是没有骨折。我摸它的腿时，它以为我要弄断它的腿，一直盯着我看。它那双眼睛是黑黑的，就像是牛的眼睛。它的旁边还有一只大乌鸦盯着我的一举一动。显然在为伙伴的遭遇伤心。在遇到困难时乌鸦都不肯抛弃自己的伙伴，我怎么能不管啊。我们戈壁盛产草药，这里的人畜都能免费享用。我有护理技术，所以知道哪些药有什么作用。我们这里虽然植被稀薄，但治伤的药还是有很多。棘豆虽然扎手，我还是采了一些回来。再加上我这个每天与锅灶打交道的人随身揣着

火柴。当燃起火柴时，两只乌鸦吓得直拍打翅膀。我烧着棘豆后，将棘豆灰抹在了乌鸦的伤口上。没有包扎用的东西，我撕开了毛巾给乌鸦包扎了伤口。我撕毛巾时乌鸦又受到了惊吓。然后，我又给乌鸦放了些食物与水。看它们不肯吃喝，我离开了那里。远远看到它们开始仰着脖子喝水了。

过了七天，受伤的乌鸦能走了。过了十几天两只乌鸦飞走了。不知去了哪里，一段时间都没有出现。

当时我爱人在苏木工作。他是在俄罗斯毕业的律师，在苏木可算是学者。常骑马来往于家和苏木之间。在一次回家的路上他把马绊子丢了，找了一路也没找到。谁想到第二天那个马绊子却在他苏

木的家旁出现了。谁送来的，问谁谁都不知道。总不会自己长了腿
回来了吧。

平凡的我们对此事不解，就连当律师的丈夫也没能搞清此事。
这件事就慢慢地被淡忘了。

那是风调雨顺的一年夏初。到了傍晚，羊群还不肯调头回来，
吃着长出不久的嫩草越走越远，牧羊人只好去把羊群赶回来。过了
些天，到了傍晚羊群突然就自己回来了。最近中央来人给我们讲了
该何时让牲畜出草场、何时牧归。难道是羊群听到了这个消息开始
自己牧归了吗？不可能吧。

后来我们听到了一个难以置信的怪事。说是到了牧归时两只乌

鸦就会拍打着翅膀将羊群往回赶。这是怎么回事呢？我丈夫已经有好几天没回家了。我以为他工作忙，需要晚上加班就没当回事。到了星期日还不见他回来。却见那两只乌鸦落到了屋后一直叫着，转而还发出了人的声音。它们的叫声就像哭泣声。不知为什么，我产生了不祥的预感。外面的骆驼也发出了凄凉的叫声，有些像马头琴的悲鸣。骆驼的叫声不是这样的呀。我不知道乌鸦的叫声是什么意思，也许骆驼听懂了？我赶紧骑上骆驼赶往公婆家。进了屋，人们用异样的眼神看着我。婆婆杜勒玛拉住我哭着说：

"我儿子没了"。我听后一下子蒙了。我俩相拥着不知哭了多久。过了一会儿问婆婆发生了什么事。婆婆擦了擦眼泪说：

"你也知道吧，我家有一只不肯与羊群同时饮水的羊。因为它

生得晚，我们把它惯成了这样。它总是等羊群饮完水后才自己饮水。那天这只羊自己饮水时，邻居家的羊群也来饮水了。那只羊便随着羊群去了邻居家，我去要羊时，那家人说那是他们家的羊不肯还给我。我们先是吵了起来，后来还动了手。那家的媳妇用脚刨撒着沙子恶声恶语地骂了起来。是她的咒骂让我失去了儿子！"婆婆接着又痛哭起来。第二天我孤苦伶仃地回了家。一路上怎么回来的我都不知道。反正我的骆驼把我送回了家。羊群还没有出草场，我正奇怪，只见两只乌鸦拍打着翅膀阻止羊群出草场。这时我看见那只小些的乌鸦大腿上有白色的伤疤。我想它就是我救治的那只乌鸦。原来乌鸦是懂得报恩的动物啊。它大概想：主人不在时不让羊群出草场吧。原来出现的怪事大概有了答案。马绊子被取回家、羊群自己牧归大概都与这两只乌鸦有关。

　　还能怎样呢，不能随逝者而去，生活还得继续。我丈夫给我留下了他亲自给我无名指戴上的金戒指。我要像珍惜生命一样珍惜它。一天我洗东西时摘下戒指放到了房边的石头上。洗完东西，戒指就不见了。我甚至掀起旁边的所有石头也没有找到。在除了我空无一人的地方，有谁会拿走我的戒指呢？我想该归谁就归谁吧。从那以后这两只乌鸦帮了我六十多年。大概是因为心疼我出外当男人回家当女人吧。

　　我以后还能看到它们吗？估计不会了。它们大概对我们恨之入骨了吧。

第四章
乌鸦的智慧

　　没能看到并拍摄下老婆婆的两只乌鸦，我遗憾地返回了家。回到家里不久，奔布来老婆婆打来电话说：

　　"喂，东德嘎！有个大好事。我们非常高兴地看到我那两只乌鸦回来了！"我回话说：

"那太好了，我马上去您那里。"我随即就动身了。我恨不能马上飞去，可路途还很远。我坐上了前往赛汗善达的火车，看着车窗外一个个沙包被甩在后面。到了省会，我又坐上了前往呼布斯格勒苏木的邮车。路虽然是草原土路，可一点也不比柏油马路差。邮车以一百迈的速度飞驰。可我太心急了，仍在催促司机"再快些！"

越过了谷日班呼布斯格勒山，汽车在沙漠路上走了很久才到了苏木所在地。我跳下邮车急忙向奔布来老婆婆家奔去。

老婆婆站在院门口。旁边的电线杆上有两只乌鸦注视着老婆婆的手势。

我悄悄地走过去，开始咔！咔！照了起来。听到相机的快门声，老婆婆扭头看我，那两只乌鸦也飞走了。我赶紧表示道歉说：

"对不起，打断了您与乌鸦的交流吧？"老婆婆说：

"果然是啊！我的两只乌鸦从大早晨就一直当当地叫来着。"

"那样叫就咋？"

"那样叫就有客人从远方来。从来没错过。"老婆婆热情地亲了我。

无论如何老婆婆总算见到了帮助她的两只乌鸦。

"您给这两只乌鸦喂食了吗？"

老婆婆指着棚顶上的容器说："常给它们喂食。可鸽子总是先抢着吃了。而且一些淘气的孩子还总是拿弹弓或者石头打我那两只乌鸦。"

好在乌鸦老练，才活了这么多年。它们可聪明呢。乌鸦飞着飞

着看到石子儿抛来就会马上躲开。据说乌鸦非常讨厌鸽子。不知道人们为什么把鸽子视为和平的标识而把乌鸦当作战争的标志。这与鸟无关。只是因为鸽子亲近人类，虽然抢食乌鸦的食物但仍有好名声。然而乌鸦却不肯用一口食物去换取名声。

奔布来老婆婆牵着我的手说："进屋喝茶吧！"我们随即进了屋。家里添丁，老婆婆有了又一个第三代人非常高兴。奔布来老婆婆有五个孩子，加上孙辈已成了有一百多人的大家庭。

喝茶时听到了乌鸦的叫声。从天窗望去，有一只凸喙粗颈的乌鸦落在电线杆顶用吹喇叭一样的声叫着。我告诉老婆婆说那好像是春天见到的那只乌鸦。老婆婆从天窗向外看了看说：

"是我的两只乌鸦。见到好人它就这么高兴。见到坏人，它的叫声简直可以说是刺耳。它也讨厌喝了酒的人"。我与老婆婆聊了一会儿回了宾馆。宾馆坐落在苏木所在地最西端，透过窗户，茫茫的东戈壁呈现在眼前，使我无比舒适。咦？乌鸦在叫吗？是的。乌鸦落在草地上用喇叭声叫着。

像是老婆婆的两只乌鸦。它们想吃我从城里带来的点心吗？给它们吃食它们会怎么样？想知道它们爱吃什么，我将面包片、馅饼、馒头、点心、梨、糖枣、黄瓜、土豆、奶食品、糖块儿、蒜、葱等放在了它们这边。我返回房间从窗户望去，发现它们将食物从一头儿逐个叼起飞走了。看来它们不挑食。

　　第二天我要了酸奶面，想把它喂给乌鸦。我将装纯净水的塑料瓶拦腰剪断，装上酸奶面、面包渣儿放到了昨天放食的地方。回到房间从窗户望去不见乌鸦。再一看，乌鸦落在了较远处。没像昨天那样直接来吃。将头轮流歪向两侧，似乎在琢磨什么。过了一会儿谨慎地靠近了食物。看了看又离开了，大概是因为对半截塑料瓶不放心吧。这时飞来了一只喜鹊，接着又来了几只，它们开始抢食食物了。这时两只乌鸦发现没有危险，飞回来赶走了喜鹊，将酸奶面与面包渣儿吃了个精光。原来这两只乌鸦是在用喜鹊试探有没有危险呢。够聪明吧！

　　第二天我去了老婆婆家，想让他将那两只乌鸦的故事讲给我听。

老婆婆叹了口气说：

"哎，六十年的事情我哪能记得住啊。年龄大了忘性越来越大，以前的许多记忆都被抹去了。最后让我牢记的只是乌鸦是个一旦交友绝不背叛的世界上最忠实的动物。是苍天的使者，当然该这样吧。"接下来好像不打算再说什么了。也许她真的把以前的事情忘掉了吧。

我扭转话题问：

"您儿子的夏营地在哪里？"

"策布根道尔吉家吗？在浩绕图查巴。"

"离这里远吗？"

"不远，也就一驿站地！"我想如果带着老婆婆让她旧地重游，也许能唤醒她从前的记忆。我一说老婆婆高兴得眼睛都亮了。我准备找辆车明天出发。

"您的两只乌鸦会不会去那里？"

"我总是跟着孩子们转。无论我去哪里，它俩都不会离开我。"老婆婆哭着说。看样子两只乌鸦也会去那里。那样的话……

第五章
国鸟

轿车驶上了乡间路。飘着蒙古葱、无根葱味的风从车窗吹进来，嫩绿的草地一望无际。

与天际相连的大戈壁简直就是储存动物食物的广场。我们在大自然母亲赐予的资源上疾驰。老婆婆的心情越来越好，话也多了。她此时的心情就像踏上归途的马儿。疾驰的轿车到了一群羊饮水的井旁。奔布来老婆婆说：

"是辖巴根善达井啊。我在年轻时常在这儿饮野驴。它们原本用蹄子刨出水喝，后来在这里打了水井，它们就不能自己喝了。谁还会给他们饮水呢？"说着就提起水斗开始提水。她接着说：

"这羊喝不了多少水，而野驴的饮水量可真大。我提水提得胳膊都疼了，才能给它们解渴。后来它们习惯了，只要看到我在井旁就会一溜烟地跑到井旁喝水"说到这里她用手背擦了擦汗。

她的孙子焦劳说：

"行了，别累坏了您。"便拿过水斗提水。接着又说：

　　"奶奶是个怪人。总是为了动物什么都不管不顾。在我小时候
总下许多套子套老鼠。老鼠一被套住，奶奶就会把它们放了。甚至
有一次要盖蒙古包，打开围毡时发现老鼠在那里絮了窝。还有好几
只没毛的鼠崽。我想把它们淹死，可奶奶却抢先用大襟把它们包起
来，待它们长大才放到了鼠洞旁。连有害动物都保护，太过分了。"
奔布来老婆婆却说：

　　"孩子啊！在这个世界上哪有比生命更珍贵的东西呀！"

　　我们去了老婆婆家的冬营盘。老婆婆指着屋檐说：

　　"我的两只乌鸦总在那里过夜。好像是蛇年春天，有一夜犬吠

不停。萨仁萨如拉看到两只乌鸦朝着堆牛粪的那个山坡飞去。

　　"过了不久，狗不再狂吠，乌鸦也飞回来了。第二天拾牛粪时发现了一只死狐狸。从雪地上的痕迹看，我的两只乌鸦与这只狐狸进行了殊死搏斗。那只死狐狸应该是人们说的那只疯狐狸。那时人们常说发现了一只疯狐狸。我那两只乌鸦从没让疯狐狸靠近我们的住地，不要说狐狸，就是狼也没让靠近住地。"

　　真怪呀。原来人们总说乌鸦会将猎物在哪儿告诉狼而分食猎物。那老婆婆的两只乌鸦是怎么回事呢？若有狼靠近畜群，两只乌鸦就会发出怪叫声，频繁扑打狼的眼睛。有一次老婆婆听到叫声赶到时看到有一条狼被乌鸦扑打得匆匆逃走了。

我们坐着小轿车到了一个叫恰巴根朝鲁图的地方。老婆婆不拄拐杖疾步走去。大概是因为回到故地高兴得吧。

"那是一个母羊产羔最多的时节。"老婆婆接着说了起来。大概过去的事情一幕一幕呈现在了她的眼前吧。

"有一天，我那只小乌鸦发出刺耳的叫声，绕着我飞了几圈后飞走了。我估计发生了什么事，随它赶了过去。远远看到我那黑眼母羊下了一只羔子，大乌鸦守在旁边。它吃了一半胎盘，将另一半留给了小乌鸦。

"乌鸦特别爱吃新鲜的胎盘，但从来不会忘记与同伴分食。我的黑眼母羊产了羔，别提我有多么高兴了。

"它是在大雪灾中活下来的羊啊。那年冬天多冷啊！周围是茫茫的雪海。黑眼羊倒在雪地里站不起来了。我去时看到黑眼羊咋也站不起来。别的乌鸦要啄食它的眼睛，我那两只乌鸦为保护黑眼羊与其它乌鸦斗得你死我活。就这样我那两只乌鸦把黑眼羊救了下来。因为黑眼羊太弱，无论它去哪里我那两只乌鸦都保护着它，直到它产下小羊羔。"老婆婆说着流下了热泪。接着老婆婆又想起一件事，给我们讲了这样一个故事：

一天早晨，两只乌鸦收拢双翅走进屋里一个劲儿地叫。老婆婆看了看乌鸦说："要刮大风下大雪了！"可别人都没当回事。早晨天还晴朗，人们当然不相信会下大雪了。到了下午，风卷着乌云开始刮大风、下大雪了。暴风雪中天好像要塌下来了。老婆婆想看看牲畜便出了门，风卷着雪花扑面而来，连眼睛都睁不开。别说牲畜，我连自己的家都看不到了。老婆婆摸索着总算找回了家。畜群在哪儿，不得而知。就是去找也不会找到，大概都该冻死了。大风恨不得要把蒙古包刮跑。我们赶紧在蒙古包的天窗上拴上绳子固定在箱子、柜子等重物上，折腾了一夜。天亮后风雪小了些。夜里下的雪把门给堵住了。挖了半天好不容易打开了门，积雪真够厚的。太阳升起来了，可畜群无影无踪。全家出动去找，可在附近没有找到。所有人家都丢失了牲畜。打听来打听去，听说边防军拦住了老乡们顺风而走的牲畜。老婆婆准备了干粮与孩子们一起去了边防军驻地。我们到的时候，军人们正在挨家挨户给老乡们返还他们的牛、马、羊。奔布来老婆婆也如数领回了自己的牲畜。你说结果如何？老婆婆的两只乌鸦在自家的羊群旁，用祈求原谅的眼神看着自己的主人。

"哎，原来我的两只可怜的乌鸦没能拦住羊群，无奈跟到了这里！"老婆婆说着又哭了起来。然后对孩子们说：

"我不是说过要刮大风下大雪吗！我的乌鸦告诉我天气的变化从来没有错过。"说着将带来的干粮分给了陪伴自己多年的乌鸦。它们在暴风雪面前从不畏惧。

听了奔布来老婆婆的话，我也很心酸。乌鸦虽然是黑色的，可它的心是善良的，这一点我们一直没有理解。老婆婆说：

"喂！司机！我们得上辖巴根亚干山祭拜山水神呀！"生长在平原的我听说上山，以为要上多高的山呢。可视力可及的地方没有看到任何山，到处都是低矮的小山丘。我们找了好久。

　　“上边应该有个敖包。”老婆婆说。司机将车停在一个低矮的
小山丘上。上边堆着几块石头。走近一看，那些石头竟闪着五色光。
老婆婆走下轿车说：

　　“就是这里。这亚干山是戈壁山水神汇集的地方。它的守护神
是官布佛。

　　亚干山呀！

　　山水之神居住在此

　　手持神剑保护此地

　　祛除灾祸的官布佛啊

我给您磕头了！"

说完跪下祈福，献上奶食祭品。然后说：

"你们以为乌鸦是在垃圾、残骸上盘旋的鸟吗？不！它是净化世界的官布佛的随从，是帮助山水神的鸟！"老婆婆以官布佛为姓，叫官布·奔布来，这该不是巧合吧。她与乌鸦能相处这么多年，也真怪。世界上没有无缘无故的事情。

我们继续赶路，到了在浩绕图查巴西侧渡夏的策布根道尔吉家。就像到了学校的一个班级一样，众多孩子在嬉戏。说是孙子孙女们放了暑假回家来了。去放牧的策布根道尔吉也回来了。策布根道尔吉说：

"喂，安静一下！你们吵吵闹闹，不如把学到的东西给这位叔叔看一下！"孩子们唱歌的唱歌、朗诵诗的朗诵诗，好不热闹。叫那木恒达里的姑娘朗读了一首叫《奶奶》的诗。作者是谁？她不知道。她带着表情、动作朗诵得很好。

又一个孩子读了一首叫《妈妈》的诗。在诗的结尾读到"我把妈妈画了下来，可妈妈对我的爱该怎么画呢？"所有人都给予了热烈的掌声。他也不知道作者的姓名。这首诗是我创作的。我的诗能传到这遥远的大漠，我很高兴。

"咳，我忘了。奶奶的两只乌鸦应该来了。出去看看！"老婆婆的话音刚落，孩子们纷纷跑了出去。不久都跑了进来说着"没看见"。大家都觉得应该来了，就出去看。别说是附近，就是远处也不见它们的身影。老婆婆说她去哪里乌鸦就会跟到哪里，我有些怀疑了。心里略有遗憾，老婆婆也是如此。

第六章
不良的剧

"妈妈的乌鸦也许落在了浩绕图查巴的敖包了。"策布根道尔吉说。

接着大家也都说:"有可能!"于是我们就准备去那里。查巴

是在远古时期形成的像海岸一样的长堤。这个敖包是这里祭天地、祭山水神的地方。我们给敖包祭献了肉食、粮食，默默祈祷着绕敖包走了三周。奔布来老婆婆环顾四周后说：

"这个长堤多么好看啊！这里无人居住、也无人家迁徙。"

向西南方向望去，叫额尔格勒召的长堤披上了绿装。也许在恐

　　龙生存的年代,那里还是海岸。向东北方向望去,苏木所在地若隐若现。苏木所在地离这里有一驿站地远,可在这无边无际的大戈壁中却像是就在旁边。

　　在敖包旁没有那两只乌鸦。策布根道尔吉说:

　　"妈,真是怪事啊!那年您去哈拉金山疗养院疗养时您的两只乌鸦提前一天到了那里等您了吧？"

老婆婆回答："是啊！人们议论说快看老婆婆的两只乌鸦！它们主人要来了！第二天我去了那里"。人们问奔布来老婆婆：

"它们预先知道了您要来哈拉金山疗养院疗养了吗？"

她答到："我哪知道呢？它们甚至还去了乌兰巴托！"

"啥？从这么远的地方去了乌兰巴托吗？为什么？"

"啊，是这么回事。我年轻时好驯生格子马。一次我从马背上摔了下来得了头疼的毛病，就去乌兰巴托的第一医院治疗。一天早晨医生护士乱作一团，说着窗台上落了两只乌鸦。乌鸦被赶走了又飞回来。我起身一看，竟然是我的两只乌鸦！从那么远的地方是怎么来的呢？我很好，你们回去看羊去吧！老婆婆将这个意思用手势告诉了乌鸦，那两只乌鸦就飞走了。后来再也没来过。我把病治好回家时，看到两只乌鸦在绕着羊群飞来飞去"。

"多么奇怪呀？飞七百多公里还不算什么。城里有那么多房子，它们是怎么找到第一医院的呢？那家医院有三百多个窗户，它们是怎么找到我住的病房的呢？真不敢相信这是真的。"

我产生了试一下的想法。怎么试呢？这样！让老婆婆去苏木医院躺着，看看她的乌鸦会不会去。怎么样？在返回的路上我将这个想法告诉了老婆婆。

老婆婆说："你说什么？让没病的人去医院？多不吉利呀。"老婆婆没有答应。到了她家，我又是解释又是乞求，老婆婆终于答应说：

"好吧，只要对你的工作有帮助就那样做吧。"让我编的这部剧的主角答应了参与，我就开始准备了。去求主治医师，他没有反对。给老婆婆安排了房间。一切都准备妥当了。第二天早晨我挽着老婆婆前往医院。途中老婆婆说要休息一下。医院在苏木所在地的东头儿，路途较远。我们到了医院。让老婆婆躺在了一间阳面的病房里。我支起了相机的支架，只等乌鸦飞来。等啊，等啊，乌鸦一直都没有来！也许是因为我而没来吧。我带着相机躲到了其它房间。乌鸦来了，护士会通知我。可乌鸦始终没有来！第二天又等了一整天，乌鸦还是没来！

老婆婆不耐烦了说："算了吧！"

我甚至有些怀疑老婆婆的乌鸦是否去过乌兰巴托的第一医院了。她的乌鸦如果真的关心老婆婆，这么近的地方它都不来看老婆婆吗？看来这事可能是假的。我编的这部剧演砸了，我很扫兴。我将老婆婆送回家，自己回了宾馆。第二天一大早我去了老婆婆家。只见老婆婆给落在电线杆上的乌鸦打着手势。我靠近时，乌鸦也没被吓跑。

"您在问它为什么没去医院看您吗？"

老婆婆说："不是，它的意思是说最近天要变得酷热。"我靠近乌鸦为它们拍了照。

那乌鸦像是想让我给它照相，一动未动。看来它能分辨出武器与相机。

"没什么可奇怪的，我的两只乌鸦与你熟悉了。"说完老婆婆

开始捏起了头。

　"身体没事吧？"

　"从昨天起我一直头疼。天热后可能会更疼。我想去哈拉金山
疗养院。那儿有对头疼病有效的泉水。"大概是因为我让好好的人

住进医院，引起她的旧病复发了吧。我谴责着自己，产生了与她一道前往哈拉金山疗养院帮帮她的想法。也许老婆婆的两只乌鸦也会去那里。那样我就会目睹老婆婆的乌鸦随她而去，就会给我书写的乌鸦的善良史增添新的一页。第二天一大早天还凉快些，可不一会就开始灼烤起来。就像有个大力士拿着巨大的放大镜对着大地照。周围没有一丝风。大概是风无法穿过雾的缘故吧。就是在房子的阴影处也一样酷热难耐。商店里唯一销量大的是在冰柜里冻得实实的纯净水。把冻实的纯净水拿出来不一会儿就会变成温水，您该知道天有多热了吧。眼看草就被晒蔫了，穿着靴子走在沙地上就像光脚走一样烫脚。要是能买到雨，我宁愿拿出所有积蓄去买。夜里就是一丝不挂也会浑身流汗。热得简直没着没落。我惦记着老婆婆的身体，就去了她家。老婆婆好像没把这热当回事，准备让孙子送自己去疗养院。我说我一块儿去吧，她说可以。

只带了许多冻了冰的水，没带任何食物，这大热天就是带了也吃不下去。我们上了路。轿车开得飞快，可从车窗吹进来的不是凉风而是灼热的空气。

第七章
诺颜哈屯山的恩赐

　　司机开着车絮絮叨叨地说着，一辆大货车超了过去，用扬起的灰尘盖住了轿车。待尘土落下，我们看到车斗里有许多匹马的头撞击着木栅栏。

"它们要是有手就可以把住什么了，可怜的马呀！被这样折腾的马怎能参加赛马呢？"老婆婆说。

　　路的那边有一个骑着摩托放羊的人。再往前走，看到有两个年轻人骑着自行车牵着马赶路。

　　老婆婆气愤地说："太过分了，没有蒙古人的样了！"

　　司机哈哈地笑着说："这不是科学技术的进步吗？"

　　老婆婆不满地说："嗨，该死的！跨越几千年的游牧生活要走到头儿了！"到了岔路口，司机不知道该走哪条路了。随便开上了一条道，不知是否走错了路。走着走着走进了许多石头堆中。这儿有许多房子，许多人！

　　这是怎么回事？一下子搬来了这么多人吗？问了问遇到的人，

他们说是淘金的人。到处都是挖开的坑！

老婆婆失声说："哎，苍天啊！在浩劫中幸存下来的大戈壁母亲现在被割开腹部躺在手术床上！不赶快缝合她的伤口，老天会被激怒的！"

没人理会老婆婆说的话，人们仍在为找到金子奔忙着。

汽车稀里糊涂地开进了山里。我们突然感到凉快了。总算脱离了酷热。这里是国家级自然保护区，所以没有乱挖的现象。

我们的车在盘羊奔跑的山间疾驶，到了哈拉金山疗养院。

后面的山都是名山。那座雄伟的山是诺颜（官的意思）山；在它足下是包勒（奴隶的意思）山；在它的右侧是浓妆艳抹的哈屯（夫人的意思）山，看去分外妖娆；在哈屯山的前面公主山的倩影倒映在泉水上。

公主山前有三个山泉，人们根据各自的病症来选择泉水洗温泉。

"得到诺颜哈屯山的恩赐，谁的病都会治愈。"老婆婆说完跪下给山水磕头。蒙古族这个游牧民族自古至今敬仰山水并得到了它们的恩赐。老婆婆怀着敬仰的心情用泉水浸湿毛巾拍打头部。我也照着她的样子享受了诺颜哈屯山的恩赐。凉气袭人让我的头部立即感到爽快了许多。我们在那里住了几天。大概是泉水发挥了它的疗效，老婆婆的面色好了许多。

也许是因为这儿剩饭剩菜多的缘故，到处都能见到乌鸦、喜鹊觅食。

"您的两只乌鸦没来吗？"

"好像没来"。

"也许来了，您怎么能知道呢？"

"我能不认识我的两只乌鸦吗？"老婆婆说完唱了起来。

我美丽的乌鸦呀

你在哪里飞翔啊？

在这灼热的阳光下

你热你渴你饿吗？

我聪明的乌鸦呀

你忘了我这老婆子吗？

无论路途多遥远

你不是能找来吗？

跨过千山万水

往这儿飞呢吗，我的乌鸦！

家乡虽然遥远

往这儿飞呢吗，我的乌鸦！

老婆婆在心里呼唤着她的乌鸦。老婆婆深情地唱着，她的乌鸦

若是听到应该会飞到她的身旁。她年轻时该有多么好听的嗓音啊？

这歌声在戈壁上远远地传去。

奔布来老婆婆第二天喝早茶时说："喂，东德嘎？我的乌鸦来了！"

"听到您的歌声来的吗？"

"当然啦！"老婆婆笑着说。在三眼泉水南面的白土堆上落着几只乌鸦。不知哪两只乌鸦是老婆婆的。洗温泉的走后留下了老婆婆一个人。看见她在用手势与她的乌鸦交谈。

我问她："它们告诉了您什么？"

"啊，它们很烦恼。说老天爷对这些淘金人很是不满。"

"不会吧。"

"乌鸦是世界上最忠诚的动物。它们打心眼里看不起那些虚伪的东西。"她看出我有些不相信就接着说,

"我想起了许多年前的一件事。那时候还有公社。冬天遇上了雪灾,牲畜受到了很大的损失。与我家相邻的一家到了春天搬家时把一头觉得活不下来的两岁小牛抛在了住地搬走了。我去看时,它在挣扎。给它喂了各种草药,还是不见好转。其它动物还总来折磨这可怜的小牛。我也打算放弃它了。可我那两只乌鸦围绕着它不让

任何动物靠近。连我的乌鸦都在保护它，我怎么能抛弃它呢。我又给它喂奶，它慢慢地能吃草了。慢慢地我将它扶起来后，它能走动了。我的两只乌鸦好像很高兴。不久后长出了嫩草，那只小牛也恢复了体力。一天它的主人来要它了，我说不给，说你们不是抛弃它了吗。实际上不是还不还小牛的问题，是我俩已经惯熟了。它的主人还是把它强行带走了。可怜的小牛一直往我这儿逃。我心疼它哭了起来。我的两只乌鸦不知从哪儿冒了出来，绕着小牛的主人飞着，怪叫着，用翅膀拍打他。从这件事我发现了两只乌鸦的善良与忠诚。我们养活了他的小牛，而他连一句感谢的话都没有，就把小牛带走了。乌鸦当时好像很不高兴。

疗养院的听说来了位作家，说是要与我见面。我们见面时，我讲了老婆婆与乌鸦的故事。听的人们好奇的感叹着。

这时有一位戴眼镜的人站了起来说：

"在懂行的人面前不要瞎说了！哪里都有乌鸦，它们都是黑的，怎么能分辨它们呢！"他说自己是研究动物的教师。我心里没了底。也许真是那样？"我在追求毫无根据的事情吗？我想老婆婆会感到懊丧吧，可她却无动于衷。

后来她对我说："困难越多，我们的事业就越会成功。"

不久后我们离开了疗养院，各自回了家。疗养院虽好，那位研究动物的教师的话就像在我心里扎了根刺，让我的心隐隐作痛。

第八章
存储卡的丢失

秋天快要来了。夏天我在大戈壁几乎被晒成了壁虎。只是为了写谁也不知道的老婆婆与乌鸦的交往。现在我有些犹豫了。未能证明老婆婆去哪里，她的乌鸦就会跟到哪里。说是在她患病时，她

的乌鸦去看她了，这是真的吗？我想忠实的记录她们的故事，可又苦于不知其真象。

　　某一个星期日，我还正在为这事苦恼时，电话铃响了。我接起电话，原来是老婆婆的孙子从呼布斯格勒苏木打来的。他说她奶奶住院了。我问他老婆婆的身体怎么样？他说不太好。我觉得我得去看看她。我买了些有助于她恢复体力的药，第二天坐上去往东戈壁的火车出发了。与上次一样，我仍坐上邮车到了呼布斯格勒苏木。老婆婆住在苏木医院。身体状况不太好。我把带来的药给了老婆婆。

　　老婆婆问："多少钱呀？"

　　我说："不要钱！"

　　"不花钱的药治不好病。"老婆婆说着将手伸到枕下拿出了钱。我无奈的收下了钱。第二天用那钱买了她喜欢的东西去探视她。从窗口望去，看到了两只乌鸦。

　　我说："嗨，您的乌鸦来了吧？"

　　老婆婆说："是啊！自从我卧床不起，它们就没有离开这个窗口"。我很高兴，但因为老婆婆仍卧病在床，就没敢表露出来。但是奔布来老婆婆已从我的眼神中看了出来。夏天那次乌鸦怎么就没来医院呢？那次奔布来老婆婆也是躺在这个病房呀。原来乌鸦还能辨别真假啊。它们多聪明啊？我真想对它们说声谢谢。

若是在戈壁滩上，我真想放声呐喊。可是我在医院不能这么做。乌鸦真是忠诚的动物，我亲眼目睹了这一点。写书还缺什么呢？现在我得赶快让老婆婆的病治愈。我给老婆婆喂药、打饭、照料她，她能抬起头来了。苏木医院的医生也在给她精心治疗。给她的四肢按摩，好让她早点恢复。老婆婆的病治愈后，她的乌鸦不知飞到了哪里。大概是对老婆婆放心了吧。总算放心了。为了在盛产奶食的季节让老婆婆早些硬朗起来，我们把她送到了她女婿阿拜胡家。他的原名叫那班劳布僧。进到屋里见到老婆婆的姑娘齐勒哈苏荣正在酿酒。

"呵，正在酿奶酒时来了，你可真走运啊！"女主人说着让我尝了驼奶酒。

因为从呼布斯格勒苏木出来走了大约一驿站地，我们就高兴地

看到夏天被晒黄了的草丛中长出了嫩绿色的蒙古葱、无根葱。就像是把黄色、绿色的颜料混在了一起。

于是我对老婆婆的女儿齐勒哈苏荣说："多美的秋天啊？"

她说："今年夏天实在旱得厉害。刚刚下了一场雨，我们的戈壁就披上了绿装。"我迫不及待的出去拍照了。骆驼、梭梭、蜥蜴、彩色石头、蒙古葱、无根葱……我见到啥就拍啥，存储卡满了。我将存储卡取下放在一块儿石板上回家取新存储卡去了。从背包里找到新存储卡回来时，石板上的那个存储卡却不见了。真奇怪，从相机上取下就放在这里了呀。也没见过有人来，就是牧民拿了它也没用啊。况且这大戈壁的牧民从不用锁头，就是去放牧家里没人了，

他们也不会锁门，无论谁来都可以随便进出。有着如此宽阔心胸的他们更不可能拿别人的东西！我在附近仔细找了找，还是没找到。为了找到这个存储卡我不惜推倒高山、汲干河水。

"我可怎么办呀！在那小小的存储卡里存有我打算出书时用的有关老婆婆与乌鸦的一千多张照片啊。找不到可怎么办呀！"大家都帮我找了起来。将衣裤兜儿都翻了出来，连附近的每一块儿石头都翻了过来，恨不得掰开蜥蜴的嘴找，可还是没找到。只得放弃了。本来可以出版一部有关人与乌鸦的奇书。为了证实它的真实性，我花费了许多时间，照了许多照片。我沮丧地躺在那里，老婆婆拿出九枚铜钱为我卜卦。

"真奇怪，怎么总是与乌鸦有关呢。是卦乱了吗？"老婆婆说完又重新开始为我卜卦。

"还是与乌鸦有关。"

"什么？难道是让乌鸦叼走了吗？"

老婆婆摇摇头说："只有喜鹊才喜欢那些发光的东西，乌鸦不会呀。"原本打算用那些照片出版一部解开人与乌鸦之谜的书，可现在只好放弃了，有什么办法呢！

第九章

危机的信号

　　放弃了书写有关乌鸦的故事的打算后，我开始选择其它题目了。在这大戈壁有的是可以书写的东西。无论天有多旱，都能生存下来的戈壁树木的不屈不挠的品性吸引了我。我觉得可以写一写它们。

　　如果加一些照片可能更好。已经来到了这里，就把这些树木照下来吧。这样想着，我带上相机出去了。看到远处有一棵树。走近一看，发现是一颗孤零零的榆树。它繁茂的树枝上端着一个鸟巢，这引起了我的好奇心。不知这颗树端了这鸟巢有多少年了。这颗大树不知给多少代飞禽接生了。正准备将这颗大树照下来，却发现了这个鸟巢的奇怪之处。这个鸟巢是用大牲畜的肋骨、吉树枝、铁丝编织成的。我想仔细看看这个巧手建筑师搭建的鸟巢，便爬上了树。在鸟巢内侧辅着布条、绕毛。我掀起了鸟巢里的花布，您猜怎么样？我那寻寻觅觅没有找到的宝贝出现在了眼前。正是那个相机的存储卡！我兴奋得差点从树上摔下来。这乌鸦把存储卡叨来干啥呀？难道想看看自己的照片吗？不可能吧。那鸟巢里还有些什么呢？很早以前的青年团团徽、刻有书法作品的钢笔……有许多东西。还看到了一枚金戒指。是不是奔布来老婆婆的丈夫送给她的金戒指呢？也有可能，拿回去给她看看吧。我兴奋地从树上跳了下来，高高兴兴地回去了。如果真是老婆婆的金戒指，她该多高兴啊？

我飞奔回家说："老婆婆您猜我手里拿着什么？猜到了就给您"。

"找到了你相机里的那个东西吗？"

"金戒指！"我张开握着的手说。老婆婆将戒指戴在无名指上说：

　　"是我的，从哪里找到的？"我将刚才的事讲给她听。我把她
有纪念意义的宝贝给找了回来，可老婆婆并没怎么高兴。

　　老婆婆静坐了一会儿说：

　　"真是这样啊。我的九枚铜钱卦总是指向乌鸦来着。你见到的
那颗榆树是山神的树。那个鸟巢是乌鸦的！"乌鸦不像喜鹊一样好
把发亮的东西叼回窝里。大概是想把自己最亲近的人的东西叼回窝
里留作纪念吧。

　　第二天没见到老婆婆戴戒指。为什么呢？我也不好问。可老婆

婆好像知道了我的疑问，领我到了无人的地方说：

"我把戒指放到了你丢失相机零件的那块石头上了。"我走到那块石头旁看了看，没见到戒指。老婆婆说：

"不用找了。大概是它的主人把它放到山神的宝库里了吧。"

"您把它给乌鸦，还不如给自己的孙子孙女呢。"

"让它变成众人争夺的梨干啥呀。金子没给人类带来什么好事，还不如让它躺在大自然的怀里。"说的也是啊！

我找回了相机的存储卡，有了给读者提供一部新奇的书的可能，我打算回去了。奔布来老婆婆要把我送到苏木所在地。我为了生活在这大戈壁上、善良的老婆婆身体的痊愈而高兴。否则我一定会留下来继续照顾她，不会回去。从苏木所在地将我送往省府的车，说是第二天天亮后出发。天蒙蒙亮时我前往老婆婆家与她告别。她家的其他人还在睡觉，老婆婆早已熬好了茶。

她说："孩子！这是驼奶酸奶干儿。营养比较丰富，写书时吃吧！"一边说一边给了我一个口袋。这时乌鸦落在电线杆上叫了起来。也许因为它们的叫声把人们从睡梦中吵醒，又有不少人在骂它们吧？在民间故事中有说乌鸦叼走火炭，将自己烧黑的。还有许多抵毁乌鸦的故事。后来听着这些故事，人们就开始讨厌乌鸦了。不知道人们骂了它多少年。可乌鸦却越来越精神焕发、越来越谨慎小心了。无论是谁，只要读了这部书，都该看到它乌黑外表内的善良的心，从而改变原来的态度吧。

我问老婆婆："您的乌鸦在叫什么呢？"

"它们在说，谁得罪了大地母亲，老天爷就会惩罚他。"老婆婆说完考虑了一会儿又说：

"乌鸦每三年集结一次。昨天好像集结了。今天它们在各地传达它们的决议吧！"谁以乌鸦的视角看过世界？我们只以人的贪婪的眼光看待世界，只知一味地索取，得罪了大地母亲吧？可乌鸦却没什么贪念。天书是用金字写就的永恒的图书。人们读不懂天书，所以无法理解。也许乌鸦读懂了天书，在向人类传达吧。而且乌鸦从天上俯瞰着我们，能看清我们生活中的善与恶吧。

"再见了！祝您安康！"

"一路顺风！"老婆婆吻了我的额头，洒着奶子留在了我身后。乌鸦还在唱着它的晨曲。也许乌鸦从无边无际的大戈壁、生生不息的植物中找到了自己的音符，谁知道呢？我唱着十几年前作词的歌《乌鸦》。

不知伤心的我

生活了三百年

可你们为什么

总在咒骂我呢？

呱呱呱！

我还没想写这部书的时候，却从乌鸦的角度写了这段歌词，挺怪吧。从前我与老婆婆并不相识，可我们怜悯苍天使者的心是一样

的。乌鸦的寿命有多久，不知道，它们从不过生日。它们活得越久，受的苦就会越多。它们可不像我们一样可以退休。只能在罪孽与福分之间，用自己的善心度过一生。它们因为毛黑、叫声难听，成了人们咒骂的对象，可它们的心是善良的！

什么时候给这个故事画上句号，取决于老婆婆的两只乌鸦能活多久。天照样亮、乌鸦还在唱、人们仍在骂……

后 记

乌鸦的故事发人深省

我们称紧随安徒生，在蒙古儿童文学创作中超群的作家吉·达喜东德嘎为"小安徒生"。他是在五十多年里书写出版了四十来部儿童文学图书的国家功勋作家。去年他创作了新奇的儿童文学作品《神奇的乌鸦》。

因热爱儿童、对社会负责而"负债"的儿童无冕"总统"吉·达喜东德嘎给社会奉献了这本图文并茂的精美的《神奇的乌鸦》。

此书中出现的懂得乌鸦语言的奔布来老婆婆是自修于自然社会大学，精通生物学的"自然"学科的老师。这位老婆婆年轻时善良地救助了受伤的乌鸦，书写了这部神奇的故事。

人类不喜欢乌鸦。人们讨厌它的黑色羽毛、嫌弃它的叫声，说它是通报消息给恶狼的臭乌鸦，骂它的声音不绝于耳，把它抛到了黑心动物的行列。

这都是缘自人们根据表面现象盲目评价，强行给乌鸦扣上的臭名，这有多冤啊。

这本书对人来讲是一面难得的镜子。根据这本书中人与乌鸦相处六十来年的经历，我们可以审视自己，想想自己昨天今日的行为举止。

人们认为自己是聪明的、无瑕疵的、洁白的，而实际上是罪孽深重的。这样说你，你有脸反驳吗？对大自然。

当然这两只乌鸦可能是聪明的、杰出的乌鸦的代表。

当然还有可能有愚蠢的坏乌鸦，就像有那种为金钱不要命、总做坏事的人似的。

但是比起人来，乌鸦那点坏名声又有啥呢？

这本书试图洗雪乌鸦的冤枉，恢复它的名誉，还给它荣誉。

按理说乌鸦在人们心中的地位，应该排在禽类的前列。然而人们却总是嫌弃它，把它排在禽类的末尾。人的恶不只表现在乌鸦身上，还表现在所有动物身上。人们因为惧怕虎、狮、蛇而供奉它们；而说自己役使、食用的牛、驴、猪是蠢货；还说羊老实而不知羞耻地杀了它，吃着它的肉，嘴角流着它的油，还心满意足地像魔鬼一样笑。这就是我们真实的写照啊！这不是充分表现了我们人类欺软怕硬、弱肉强食的本性吗。

乌鸦给我们上了一堂课。懂得乌鸦语言的聪明老婆婆奔布来给我们解释了它们的想法。

乌鸦是思维敏捷的聪明鸟。乌鸦是勤劳、团结、忠诚、有情有义、坚韧勇敢的对人类社会与自然有益的益鸟。

谁也没统计过世界上乌鸦的数量，姑且相信我们的地球村有30亿只乌鸦，那在自然与社会环境中，我们就有了30亿名清洁工。

它们通过自己的消化道，每天能分解世界上的人与动物废弃的60万吨有机物元素。这是人类做不到的只有乌鸦才有的特殊功能。

奔布来老婆婆没有讲大道理，而是用事实言之凿凿地批评了那些歪曲否定乌鸦益处的人们。

对于人类的非理性行为，大自然总是要发怒、要给以惩罚。禽类、鱼类、四肢动物开始反抗了。一群群大象攻击人类；一群群鲸鱼在海滩搁浅挣扎；一群群鸟儿先后消失。这不是给予人类的教训与惩罚吗。

这是动物为了生存的斗争，是给予人类的教训与惩罚。

书中的主人公奔布来老婆婆翻译乌鸦的语言给人类上了一堂课，这是多么新奇、多么发人深省啊。

总的来说，她以保护自然生态、理解动物为课题，给我们上了一堂不亚于老教授厚厚的论文课。

仔细想想，现在人们都该做一下自我批评了。

利格登写于淖莫图哈那

2011.8.29

图书在版编目 (CIP) 数据

神奇的乌鸦 /（蒙）吉·达喜东德嘎著；钢巴特尔
译 . -- 呼和浩特 : 内蒙古人民出版社，2014.6
ISBN 978-7-204-12935-5

Ⅰ . ①神… Ⅱ . ①吉… ②钢… Ⅲ . ①长篇小说
－蒙古－现代－蒙古语（中国少数民族语言） Ⅳ . ① I311.45

中国版本图书馆 CIP 数据核字 (2014) 第 132229 号

神奇的乌鸦

作　　者	［蒙古］吉·达喜东德嘎著	
翻　　译	钢巴特尔	
责任编辑	贾　冉	
封面设计	那日苏	
出版发行	内蒙古出版集团　内蒙古人民出版社	
地　　址	呼和浩特市新城区新华大街祥泰大厦	
网　　址	http://www.nmgrmcbs.com	
印　　刷	内蒙古爱信达教育印务有限责任公司	
开　　本	720×1000 1/16	
印　　张	4.75	
字　　数	50 千	
版　　次	2014 年 6 月第 1 版	
印　　次	2014 年 6 月第 1 次印刷	
印　　数	1—3000 套	
书　　号	ISBN 978-7-204-12935-5/ I·2552	
定　　价	26.00 元	